瀬戸際レモン

蒼井　杏

瀬戸際レモン　＊　目次

I

Ⅱ

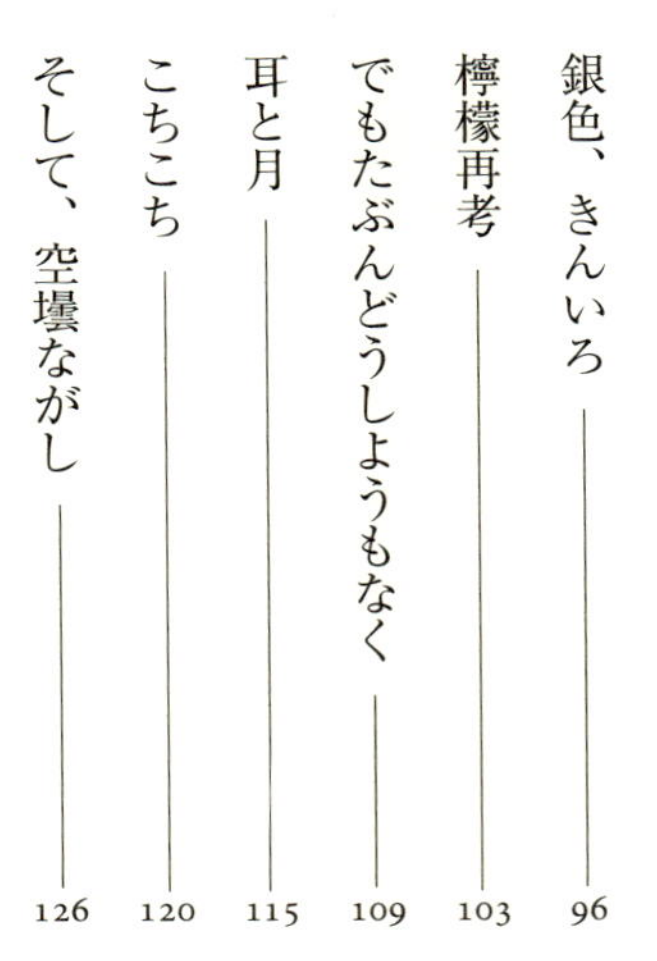

III

I

空壜ながし

一、二、三　陽の射す窓に空壜を思い出順に並べています

リプトンをカップにしずめてゆっくりと振り子のように記憶をゆらす

音のないそれは夢でした透明な唇つめて空壜ながす

マヨネーズのふしゅーという溜息を星の口から聞いてしまった

夕焼けてかしいだままで待っていた駐輪場の青い自転車

アークトゥルス、スピカ、デネボラ、星の名をポケットに入れて非常階段

下の名を知らないままで手を振って歩いて帰って竹輪をかじる

地下鉄の券売機前で今わたし、二千円札のようにさびしい

内側に折りたたまれたレシートが祈りのように消える　あいたい

パプリカの場所だけマルシェ　洋梨のような女に生まれたかったな

板チョコをぱきっぱきっと割りながらたましいの重さ考えている

西向きにまっすぐな道ふりむけば止まれの▽(さんかく)全反射する

泣くための青いシートを軋ませて知恵の輪のような字幕見ている

腰かけて足をぷらぷらさせるとき電線の上のみんな小鳥だ

どうしてもわたしの名がないAmazonの箱をゆっくりゆっくり潰す

君を見た。すべての音を飲み干して空壜になる駅コンコース。

青空を押して回転ドアを出る　見るものすべてに檸檬の付箋を

縦に裂くポテトチップスのふくろから銀の傷口ぱっくりのぞく

半分に切られたキャベツがだんだんに盛り上がることを　涙　といいます。

わたくしがもういなくなった風景をえがいたりする。弱いです。神様。

木の板と間違えるほど赤茶けたトタンの前で待っているから

あきらめるたびに頁を繰る絵本　ちいさいわたしに読み聞かせている

シリアルにミルクをかけず食べるひとでした記憶はいつかスコール

空壜が笛になるまでくちびるをすぼめるこれはさびしいときのド

僕たちの骨がオパールになるほどの遠いひかりの果てであいましょう

わたくしを全消去する　はい／いいえ　夢の中までカーソルまみれ

透き通る翅越しに見ればクマゼミはひびわれた空を背負っていました

つかめそうに低いしっぽでいつまでも車輪が橋を渡ってゆきます

水玉のマグに珈琲みなぎらせ居間という名のアウェイに向かう

キッチンに丸椅子ひとつ持ち込んでわたしの春の司令塔とする

百色の色鉛筆を窓際の空壜に活ける　ここは春の森

ゆで栗を匙でくりぬくように今、あの日について考えている。

まぶしいですか？　それともやっぱり泣きたくて泣けやしなくて　**ひかりつづけろ**

絵葉書の風船が全部飛ぶように祈った　小壜の星砂鳴らして

拝啓のつづきをひねもす考えて潮騒になる窓辺のラジオ

多肉少女と雨

百足の上履き駆けてゆく廊下／おいてきぼりの／目覚めれば、雨

ひとりでに落ちてくる水　れん　びん　れん　びん　たぶんひとりではろんでゆくの

カスタードクリーム色にほころんだ木香薔薇のアーチの下で

ピーターの絵本のように函入りの記憶がありますひもとけば、雨

てのひらで完結している目薬の壜のファセットなぞりつつ、雨

花曇りやまもものあれが雌花だろうわれのうちにも少女がひそむ

花びらをうまく散らせぬ木があってもう少しだけ見ています、　雨

心臓は思ったよりも右側にあるのですって　コサージュをさす

この世からいちばん小さくなる形選んで眠る猫とわたくし

生きているわけです死んでいないので目覚めたときの天井のしみ

それが夢だったのですねこでまりの白く白く白く白く白

むかしむかし夕立のような詩をくれたひとがいました　枝豆つまむ

柄の白い透明な傘を受け取った夜があります梔子のふち

くちばしの小さな鳥の足音でベランダに雨が降り出した午後

かなしみは縦に降るから日傘さすななめの影をじっと見つめる

８Ｆのシネマフロアの自動ドアひらけば空中庭園は、雨

磨かれた駅のステンレスのごみ箱のへこみに映った今夜のわたし

あれよりはまだましだとか砂を吐くボウルの中の浅蜊だ、　わたし

18-10 STAINLESS STEEL JAPANの字見ているわたしを見ているスプーン

七色のボールペンには七本のばねがあるのでしょうね、　雨

このひとはもういないのだと思いつつあとがき読めば縦書きは、雨。

蜂蜜の入り江のような形して寝そべっている昼下がりの猫

紐靴をそろえてぬいでなにもかも、いっそ隕石降ればいい、雨

むかしむかし自転車の君とすれ違いたかったのです、雨の沈下橋

さぼてんの棘を一本ずつ抜いて多肉少女が壊れてゆきます

やまもものつぶつぶの実があちこちで踏みしだかれてワインの雨降る

わたくしのいない世界がうるおってひかりだすゆめ　雨でした今日も

日によって幸せの重さ違うこと　背中あわせでしゃぼん玉吹く

ぼくたちのたどらなかったほうの道　パンくずの麦は金色ですか

ポケットのチョコの輪郭とける日は五本のゆびをひらいて、空へ

ぎりぎり

めすばとが歩いて逃げるおすばとがふくらんで追う　ねむたいベンチ

帽子パンのふちだけかじる喜びに少し似ていて　てのひらかざす

すみませんよわいわたしをはなしがいしているわたし　こてん　ぱん　の　きゅう

しゃっくりのようにそいつはせり上がりお願いカーテンしめてください

羽を持つ約束だった気がしますくちばしのように傘かたむけて

体温が足の裏から逃げてゆくわたしでなければうまくゆくんだ

ちみしいをひっくりかえすとさみしいになるって知ってた？　うそだよ　ちよなら

雨の日の体育館にひざをつき背中のゼッケンつけあっている

自動ドアに認識されて鳥じゃないことに気づいた月曜日の朝

縦向きの見本見ながら横向きに落ちてくるのを待つ缶コーヒー

あたしもうだめかも　なんて　かめパンの首・尾・手・足　じゅんばんにもぐ

って思う日がくるのでしょうひとつぶの真珠のようにしぼるクリーム

あ、雨が、そろばんはじく音で降る。ねがいましては——ねがうよ、君の

檸檬でしたよ

レモンパイなど食べながら　わかってる　もう檸檬には戻れないこと

レントゲン撮るとき外すべきものをみぃんなはずす　骨までからから

ではどこに心を逃がそうぴったりとはりつく雨のブラウスの胸

わたしあまり　上手く言えない　蝙蝠の穴からこぼれて　つめたい背骨

なにをしてもおこられるときわたくしは夢の中でもプリンをこぼす

ひとつずつだれかに見せたい夕焼けを閉じ込めている電信柱

たぷん、と音が胃でしてわたくしは陸橋のぼる魚になった

アーモンドチョコの包みで鶴を折るもうじきこちらも雨になります

いちまいのひろげたハンカチ降るように眠りに落ちてわたくしは蝶

月とぽろん

じゅうしまつって、十姉妹って書くのだって。妹だったら愛されましたか

とらんぽりん　ぽりんとこおりをかむように月からふってくるのだこどくは

昼の星見つめるようにバスを待つ　わたしのスプーンは曲がらなかったな

夏草に影を落としてぼうと立つ指切りしたのにね　ゆび　きり

猫爪のような三日月　わたくしの不在にそろそろ気づくでしょうか

靴下の穴からのぞく親指のようにわたしをはみだしてゆく

皿の上のもう光らないほたるいかの完璧に丸い目玉を食べる

ひまわりの花より大きな葉だったね虹の形に指うごかして

赤い尖晶石（スピネル）の楕円形（オーバル）のちっちゃなちっちゃな裸石（ルース）をひとつ持っていて、ときおり
ひとさしゆびのはらにのせて石のつめたさをたしかめます。

でもここではないどこかについて

百円のレインコートをもとどおりたためるつもりでいたのでしたよ

冷えたゆびいっぽんかじる黒いのはバニラビーンズだって言ってよ

いもうとに見られたくなくて便箋を食べたことがあります　夕暮れ

ぶなしめじぼろっとほぐれてだれもだれもわたしがわたしでごめんなさいって

そうじゃなくて、でもうまくいえなくて、壁に付箋を貼りつづけている

百までをとなえつつわたし猫になる　なーに、なーさん、なーし、なーご

みず　いつも　昨日のようにみずである　わたしをはじく小さい軌道

目のふちにびっしり鳥のとまる夢わたし行けないあらゆるいけない

違います首のネームがかゆいのですさびしいけものがせり上がるのです

三つ折りがうまくできない五つ折りもっとできない　遠いな　星は

おおいなるわすれたいことかさぶたをひざ折り曲げてはがしています

種類別ラクトアイスの木の匙をくわえたまんま　えいえんてまえ

（忘れちまえよ）

麦チョコのくぼみに前歯をたてながらいつどこで鍵をなくしたんだろう

ほらできない　ご自愛だとか　じゃがいもがうっすらみどりになってゆきます

あのひとをがっかりさせてしまったな　屈めばプラグにつもったほこり

ストローの縮んだふくろに水滴をたらしてわたし、もう忘れよう

クラクション二度鳴らされてわたくしは胸の小鳥をはなつ木でした

リインカーネーション遠くで鐘が鳴る　板チョコいちまい食べ終えて、風

Ⅱ

饂飩の湯気で眼鏡がくもれば

＊＊＊くね？　つか＊＊＊だよね　くすくす　ね？　ナプキンのふちについたくちべに

申し訳ございませんと繰り返す夢を見た日の、はやいなあ、雲

ぽつっと雨、ではないものふってきて晴れときどきみじめだ、わたし

だってもう消えたい湯ぶね足首の靴下のゴムのあとをたどって

ヨウリョウのなんてわるい子ほうらごらんぶうんぶうんとあれは羽ですか

こんなにもわたしなんにもできなくて饂飩に一味をふりかけている

うすくうすくハンドクリームぬりながらおしまいの日を考えている

なんでこうなっちゃうんだろう浴室の鏡の鱗をこすっています

のみこんだ言葉がたてがみなびかせてレールの上をはしってゆきます

やむをえぬ理由をさがしているときのわたしの眼球のうらは忙しい

丁寧にセロハンテープをはがす日の　言えないけれどみんな　さよなら

わりばしがほらねぱきっと割れなくて予言みたいに雨が降ります

もう二度と来ないんだろうなレシートをおみくじのように細くたたんで

ポケットのてのひらの闇にぎりしめ「お祈りします」をもう考えない

シャンプーの入った耳をとんとんと世界中をうらがわにして

特急に乗って窓から川を見ていたらカメラをかかげて河原を走ってくる男の子がいて、彼にとってはわたしも電車なんだな、とおもった。わたしも彼をみずだとおもうよ。

橋とぱたん

発車してすぐに連結部をわたるぼとぼとみかんの落ちている駅

足をくむきつく足をくむあのひとはきっと今ごろ傘をひらいて

今雨が降り出しましたわたくしは頁に特急券をはさんで

乗車には特急券が（ええもちろん。行けない理由をさがしているだけ）

マンホールの絵柄を見たりそうやってあのひとの町を歩くのでした

通過する駅の名前をどうしても読みとれないまま雨になります

むかしわたしこの駅にいたチョコチップメロンをかばんの底にしずめて

ああこれは夢の中でも上ばきのゴムのバンドのよじれたままだ

立ったままねむるキリンのたちまちにあのひとの駅を通過してゆく

橋でした。雨があがってわたしくはぜんぶのポケットうらがえしてさ

星がこぼれる

コンビニのパンのシールをすきまなく冷凍室の扉にはります

でもきっとなにもしないのがいいのでしょう　くつひもほどくどんどんほどく

ともかくも今の幸せ享受するレジ袋代五円を払って

はしさきで高野豆腐をくぼませる　すくわれなかったこれはたましい

さしいれてそれからぬいてえいえんにお湯にならない蛇口の果てで

三脚は三本あしでわたくしは三角ずわりですみっこにいる

ごめんなさいごめんなさいの正方形、鈴かすてらの砂糖のように

おめでとうございましたの帰り道いちばん上までファスナーあげて

くしゅくしゅと洗濯ネットにブラウスを入れて洗うのあわあわうふふ

ぱらついてコンビニ袋にいくつもの水玉つけて待ちぼうけなさい

ああそうかにごるのですね長靴のかかとなおしてとんとんとんとふむ

おさとうもミルクもいらないですだとかいうんだろうなうふふこぼして

ああこれは、いやなわたしだプルタブをしゅぱっと引けば手首にちって

雨の日のタイヤの音を聞くときのいいわけばかり考えていて

すこしだけ不幸でいますまつげから星のちるほどまばたきをして

くるぶしのしたのくぼみをねんいりにねんいりにあらうひざおりまげて

でもるふぉせかそしてわたしはいなくなる花の名前をひとつこぼして

持ち物のすべてに名前を（春ですね）ひとつひとつに息ふきかけて

ぼろぼろ

内臓をかきまわすようにボールペンのためしがきするわた　わた　わたし

川の上に橋があること　今わたしひどくハミング時間を生きてる

なみだぶくろきらきらひかるひとでした／わたしのセーター毛玉まみれだ

布テープをひきさくようにひかり、降ってきて、電信柱は祈りのかたち

深海にプランクトンのふりつもるようにわたしをゆっくりたたむ

やきとりの串をんんっとはずしつつこういうふうにしみてゆくんだ

ラテックスグローブ（粉つき）はめながらなにを言ってもぬかるんでゆく

新品の靴下につくピンセットみたいなあれを集めています

針穴のまるくならんだビスケットをぼろぼろこぼして待つの、粉雪

銀とぱふん

わたくしがいなくなるのを待っているとり胸肉のレシピめくって

おもいきり鼻をこすれば涙目になることわたし、とてもひとりだ

わたくしはやさしくなりたいカルトンの銀貨をいちまいいちまいひろう

地球儀の画像をさがすわたくしはむかしあるところかたまりでした

からふるなせんたくばさみがおちていてまんまんなかに西日のわたし

わたくしをほうっておいてくれましたあしたの日記のように雨だれ

春ですね。待合室の青いのをいっぴき逃がすここじゃない場所

あいているすべてのチャックをしめてゆくそういう春の夜であります

出版目録　2025.2

書肆侃侃房
Shoshikankanbou

短歌ムック
ねむらない樹 vol.12

本体1,300円＋税
978-4-86385-653-0

特集1　第7回笹井宏之賞発表
大賞　ぷくぷく「散歩している」
選考座談会
大森静佳×永井祐×山崎聡子×山田航×森田真生

特集2　アンケート2024年の収穫
枡野浩一　吉川宏志　瀬戸夏子　佐藤弓生
染野太朗　嶋稟太郎　千葉聡　川野里子
藪内亮輔　荻原裕幸　土岐友浩　梅内美華子
藤原龍一郎　石川美南　尾崎まゆみ

巻頭エッセイ　木村哲也

作品
柴田葵　柳本々々　平出奔　石井大成
鈴木晴香　藤本玲未　嶋田さくらこ　上川涼子
田中有芽子

第6回笹井宏之賞受賞者新作
白野　森下裕隆　遠藤健人　岡本恵　守谷直紀
橙田千尋

特別寄稿　奥村鼓太郎

第8回 笹井宏之賞作品募集開始！

募集作品：未発表短歌50首
選考委員：大森静佳、永井祐、山崎聡子、山田航、金川晋吾
応募締切：2025年7月15日
副賞：第一歌集出版
発表誌：短歌ムック「ねむらない樹」vol.13（2025年12月発売予定）

現代歌人シリーズ39　Another Good Day!
矢部雅之

本体2,200円＋税　978-4-86385-656-1

晴れの日も雨の日も「今日も良い日だね」(Another good day!)と言ふ人ありてけふは晴れの日

日本もふるさとも遠く　母語の通じぬニューヨークに6年　事件を追ってカメラを回す　日々の移ろいをただ詠いつぐ

土くれを押しのけて地に立つ芽かな傍若無人にみどりかがやく
ちぎれ雲ちぎれつくしてからっぽの空にすつからかんと宵やみ

川信雄全歌集　鈴木ひとみ編

本2,800円＋税　978-4-86385-648-6

リイのはじめてのてがみは夏のころ今日はあついわと書き出されあり
（『シネマ』）

ダニズム短歌の頂きをなす伝説の歌集『シネマ』で颯爽とデビューし、スプリに満ちた瑞々しい歌で時代を駆け抜けた稀代のポエジイ・タンキ、石川信雄。没後60年の節目についに明らかになる孤独なマイナーヒットの全貌。

説の歌集『シネマ』、トラブルのため50部しか刊行されず幻となった『太白光』の、今回初めて世に出る『紅貝抄』と歌集未収録歌をおさめる。

すべてのひかりのために　井上法子

本体2,000円＋税　978-4-86385-651-6

水際はもうこわくない　踏み込んで、おいで　すべてのひかりのために
——歌だけがある

発した〈人〉を離れた〈声〉は、あわく、きらめき、たゆたいながら、私でもあなたでもある誰かの心に着床し、ただ〈歌〉として生きつづける。
——小野正嗣（作家）

第一歌集『永遠でないほうの火』から8年
ひかりを纏う生の讃歌　無垢な声で紡ぐ、待望の第二歌集

代短歌パスポート4　背を向けて歯軋り号

体1,000円＋税　978-4-86385-645-5

好評の書き下ろし新作短歌アンソロジー歌集、最新刊！

本真帆　永井祐　瀬戸夏子　鈴木ちはね　野村日魚子
波野巧也　鳥さんの瞼　染野太朗　手塚美楽　くどうれいん

真帆「夏の骨　風の高台」／永井祐「ピクチャーディス」／瀬戸夏子「わたしに黙って死隠して」／鈴木ちはね「AEON FOOD STYLE by daiei」／野村日魚子「医学」／阿波也「祭りのあと」／鳥さんの瞼「変形」／染野太朗「ろくでもない」／手塚美楽「あなたがしにできることはなにもない」／くどうれいん「龍」

post card

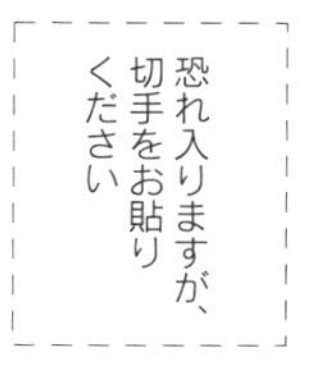

恐れ入りますが、
切手をお貼り
ください

810-0041

福岡市中央区大名2-8-18
天神パークビル50

書肆侃侃房 行

フリガナ
お名前　　男・女　年齢　　歳

ご住所　〒

TEL（　　　）　　ご職業

e-mail：

※新刊・イベント情報などお届けすることがあります。　不要な場合は、チェックをお願いします→□
著者や翻訳者に連絡先をお伝えすることがあります。　不可の場合は、チェックをお願いします→□

□**注文申込書**　このはがきでご注文いただいた方は、**送料をサービス**させていただきます。
※本の代金のお支払いは、本の到着後１週間以内にお願いします。

本のタイトル	冊
本のタイトル	冊
本のタイトル	冊

読者カード

本書のタイトル

購入された書店

本書をお知りになったきっかけ

ご感想や著者へのメッセージなどご自由にお書きください

※お客様の声をHPや広告などに匿名で掲載させていただくことがありますので、ご了承ください。

◀こちらから感想を送ることが可能です。

書肆侃侃房　http://www.kankanbou.com　info@kankanbou.com

パトリシア・ハイスミスの華麗なる人

アンドリュー・ウィルソン　柿沼瑛子訳

本体6,800円＋税　978-4-86385-654-7

残された膨大な日記と手紙、インタビューから　謎のベール
まれたサスペンスの巨匠の全貌に迫る

生まれながらに背徳と残虐、愛への渇望に苦しむ。「愛される」よりも「愛する」
んだ孤独の女性作家。生誕100年を迎え、いま明らかにされる苦悩と野心、
んだ愛。母親への愛憎のすべては小説作品の中に埋め込まれた――。

理想の彼女だったなら

メレディス・ルッソ　佐々木楓訳

本体2,100円＋税　978-4-86385-643-1

こんな未来なんて想像もできなかった。そもそも未来なんて思い描けなかった――。

トランス女性の作者による声や経験が主体性を持って読者に届けられる。ストーンウォール図書賞受賞はじめ大きな支持を集めたトランスガールの青春小説。川野芽生さん推薦！

むしろ、ごくありふれた、青春の物語。それが、彼女には、彼女たちには、なかった。これまでは。――川野芽生

KanKanTrip26　Buen Camino! 聖地サンティアゴ巡礼の旅 ポルトガルの

YUKA　本体1,900円＋税　978-4-86385-650-9

心の声に進んでいく 星に導かれる巡礼路

観光では訪れることのない小さな村々を抜け、神秘的な森を越え、信じ
ないほど美しい景色の中を歩く。中世の教会を巡りながら修道院に泊
夜。ポルトガルからスペインへ280km！　魅力がぎゅっとつまったCam
の旅へ。スピリチュアルルートも紹介！

天国さよなら　藤宮若菜

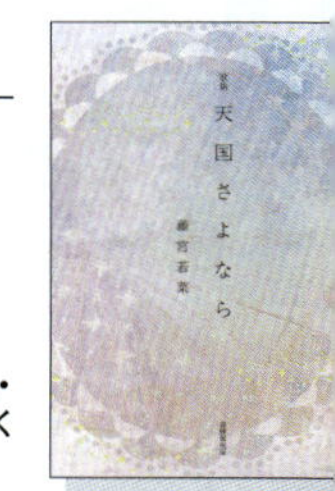

本体1,800円＋税　978-4-86385-657-8

わたしが死ねばわたしはうまくいくだろう自販機煌々ひかる夜道に

この世もあの世も同じ朝焼け

ひとりなのにあたたかいのは、わたしたちが「誰かの不在」でできているから。
――雲居ハルカ（ハルカトミユキ）

東直子が「命の際の歌が胸を突く」と評した『まばたきで消えていく』の歌人・藤宮若菜。生と死、そしてその間にあるすべてのものへさみしさの先で光り輝く第二歌集

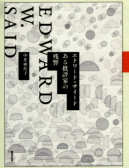

ふくらはぎにためこんでいる水だとかいっぽんゆびで押しながら、春

わたくしはまもられていた（土のにおい）春のはじめはすこしかゆいね

さてちょうどよい時間ですしおりひもぱふんと閉じて明るいふちへ

くるくる

いっせいに高架から鳩が飛びたってわたしくるしいくるしいじべた

つまさきをやや内側に向けて立つなんでいっつも雨なんだろうね

めんどくさい子でごめんなさいつまさきに熱のこもったままの上ばき

いいえいいいえどうかわたしを祈るのはやめてくださいなのはなのはな

返信は（来ない）わたしは不織布のマスクのプリーツととのえながら

だろうなと言いきかせているなみうってしまった本の帯をなでつつ

十二時のシンクにもたれてさゆを飲むきっと友だち多いんだろうな

そうですね　ちょうどことりの首ほどの苺をまみずであらうくるくる

こんなにもムスカリの咲く川べりをマスクの下のくちびる閉じて

もうじきにあめ雨あめ雨あのひとのかかとにはりつくむすうの花びら

消しゴムに定規の癒着するほどのそういう時間をあきらめてゆく

そうでした。秘すれば花で物干しに首のないシャツきちんとならべて

前輪の空気を入れるわたくしをかけはなれたらひかりだすリム

天井のはるかな駅で立ち止まり時計をさがすさかなでしたよ

キッチンの換気扇がまだまわってる気がする気がする気がする気がする

わたくしは胸がいたいよフラスコのエンソサラシの表示見つめて

七時まで白夜なきもちでカーテンの波打際で待っていますね

靴下の熱をいちまいずつはいで　くるぶしは遠い約束でした

でもいつかきっとねがってしまう

あるていどわりきらなくては。 マヨネーズぬきでおねがいしますたこやき

寒気団のぶつかるところでお砂糖はおいくつですかとたずねています

ものすごく鼻がかゆくて部屋中の時計を三分進めています

耳穴の小指の先の届かないところにひとつぶ、海があります

なんかひもがついてる気がしていちまいのセーターみたいにほどけてしまった

（なんでわたしこんなところにいるんだろ）って夢からはやく覚めたらいいのに

そんなにも大切でしたかハンカチのよすみに霧を吹きかけながら

蛇口から水道水をほそくほそく壜のくちびるぬらさぬように

ああこれはいわゆるひとつのしみじみと真昼のサドルがあったかいこと

ひざのうらのくぼみに猫のいることの窓のかたちにさしこむひかり

まんなかの頁にてのひらおしあてて糸綴じノートをひらいてゆくの

ねがってはならないことだと知っているカナリア色の水入れのみず

ユリオプスデージーという花の名を余白にしるして三角に折る

後悔はそのうちしますはりねずみみたいにまるめてかたくする紙

むしのいい夢だったこと豆をむくひとつぶひとつぶひとつぶひとつぶ

スピルリナ色素のチョコをほうりなげもっとも空の近くで食べる

席を立ち歩いてゆくのわたくしのソファのへこみがもどってゆくの

みずいろのシリアルナンバー入りバンドを手首でくるくるまわしています

タクシーがやかんのようにひかりだしおねがいぜんぶこぼしてしまう

本だなの／ななめの本を／いつの日か／ここに／／／おさまる本のあること

むかしむかし女の子ふたりで砂場で遊んでいたときちっちゃくて完璧にまるくて透き通った玉を見つけた。いっぱいあった。なんのたまごだろうねってむちゅうであつめたんだけど、シリカゲルだとわかったときまでずいぶん長いこと、それはようせいのたまごだったな。

Ⅲ

銀色、きんいろ

ものさしを落としてしまってフロアーにさかさの数字がはねたのでした

もりあがる指の血を吸うわたくしの鼓動がじゃまでじゃまでじゃまでじゃま

ゆびさきをひたせばわたし水の輪とちょうどつりあういれものになる

ゆびについた墨汁をあらう通知表に子どもらしくないと書かれて

そんな気はしていたのですわたくしの視界の底にわたくしの鼻

まっすぐにふちにはさみをいれてゆく白い手紙があったのでした

あ、この曲、なんだったっけな、パーカーの短いほうのひもをひきつつ

なかんずくゆきひら鍋に春雨をゆがいていきます。ええ、わたしの龍。

たぶんもうほとんどどうでもいいことをズボンのひもをちょうちょにむすぶ

風、いつも、ここではなくて。木工用ボンドのかわけば透明になる

ひとみしりするとかわたし、はにわです。ぽっかり穴をまもっています。

いつまでも雨のにおいのTシャツを銀いろのなべで煮沸してゆく

ここへ来るまでにいくつも栗の花ですよねあれは。もうじき着きます。

わたくしは泣きたいくらいゆずれない歯みがき粉があるチューブ押してる

あぶらぜみかたぶらぜみととなえつつ駅で時計をさがしています

わたしちゃんとできたのかしらのぼりおり手すりに力を込めるのでした

びわの木にびわの実が生るさびしくてやっぱりあれは頂点でしたね

しゃぼん玉になりたいほうの石けんで両のかかとをあらうのでした

てのひらにはしり書きするはるじおんとひめじょおんとを見分けて生きる

さいしょから予感はしていてきんいろのバックルにうつりこむのでしたよ

檸檬再考

てのひらの心臓としてくるむレモンふりさけ見てもため池がない

くし切りのレモンしぼればゆびとゆび距離をちぢめてゆくのでしたよ

ストローのひどくきいろいストライプ明るいところにこぼしたのです

そうですねそうでしたよね帽子より下の空にも雲をうかべて

外箱に親指を入れてたたむ時かわいていたのはわたしでしたね

クーポンをおもちでないのでいいえって答えてなんて、遠いのだろう

透明なふたの十字にストローをさしてこおりをしずめつづけて

コンタクトレンズ）をこする）あのひとが）きらい）だとかもう）言えない）のです。

肩ひもをなおせばＢＣＧのあと等間隔にひかるのでした

ここがたぶん瀬戸際でしたゆっくりとレモンの回転している紅茶

わたしだけ知らないでいるうちふればさらざらざらと鳴るシリカゲル

ティッシューを二枚ずつひく腕時計の中のクォーツ見てみたかったな

おもったりやめたりルーズリーフからひとふでがきの星を逃がして

ひざのほねのうえのてのひらお天気の西からくだけてゆく音を聞く

いちまいのきおくのたどりつくところ瀬戸際レモン明るんでゆく

でもたぶんどうしようもなく

こんなにもこんなにもなのに背中からリュックおろして胸にかかえて

タラップをおりてゆくときてのひらをひらいた場所から雨になります

もういちど生まれたかったなくちぶえにならないほうの風を見送る

うつぶせて枕のしたのしたのしたわたしのあまみず、いってらっしゃい

ガスコンロの正しい青がうつくしいわたしはなんてはなうたでしょう

それはそれはよかったでした夕刊をつばさのようにばさばさたたむ

うめられて忘れ去られたどんぐりが森になるまで　って重たいですか

でしょうねってうなずきながらかなぶんのぶんの羽音を聞いていました

みずうみのなかのみずうみ深皿をシンクの銀にはなってゆきます

むかしむかし放課後ノートにまるを描いていたら女の子がそれを見て「わあ、きれいなまるを描けるひとは——なんだって」と言ってくれたんだけどうまくおもい出せなくてだけど今でもきれいなまるが描けたらうれしいし、雨がふると水たまりを見てうれしい気持ちをおもい出す。

耳と月

やっぱりね、やっぱりねってトーストのおおかみ色をかじっています

わたくしはひらいてつぶしてそうやって羽のあるもの折っていました

ほねとはね　指折りながらわたくしは結局待ったりしないんだろうな

ひょんなことでしたねここへ来たこともキリトリ線を手でさきながら

転寝（うたたね）のぽとりと覚めてちらばったコピー用紙をひろうのでした

いろいろをたてにならべる両ひじのうえに両耳、そのうえの月

ここのみを約束としてかみしめて太陽マークまみれの天気図

もろもろっとこぼしてしまってブルーベリームースのほとりにかしいでゆくの

まだすこしバニラでしたよ左手の爪のにおいとわたしと月と

でもここをそれてゆくとき八月のホースのはての虹を見ていた

ようやくにおわってゆきますひちゃひちゃとひらたいみずをのんでいる猫

わかる気がすこししました貝がらのボタンを空からぽとぽとはずす

に、してもひざにだれかの耳をのせ穴をのぞいてみたい夜長だ

すこしずつわたしをずれてゆく月のかかとのないくつ夜にたらして

こちこち

消しゴムをこまかくかけるむこう岸金色のふちの陶器ふるえて
裏の白い切符はこちらへてのひらのはてのよすみをさいなんでいる

つかったあとも、この紙ケースにいれておく。そういう風にみずいろに生きる。

半袖の肩のぶぶんでなんべんも鼻っぱしらをこするのでした

横たえたスプーンのようなふくらはぎ　つめたいものはときどきひかる

折りたたみテーブルのあしが冷えていて、秋、とおくからここへ来ました

ぼたにかるシマトネリコの木のふちで傘のしずくを編んでいました

まひるまの影がゆらげば電線のことりが空をゆらすのでした

袖口をおろしてボタンをとめながら強くねがえば吹きますか、風

わたくしのいちぶを風にかえすときななめにへってゆく靴の底

うちがわに水滴のひかるい・ろ・は・すのボトルがつぎつぎたおれてはねる

到着後わたしの電車が回送になって車庫へとはいってゆきます

くちばしの角度でペンを持つひとのわたしのための文字を見ていた

いちまいの羽根のほとりを通過してひろったほうの未来であそぶ

鳥じゃなく島でもなくてあとがきの頁にゆびをはさんだままで

本文に長い下線を引くときの波打際でぬれてゆく文字

そして、空壜ながし

ゆびのはらにきんぷんのつく賞状をほんものとして　すうぱあむうん

わたしにもくぼみがあってとおいとおい空からのみずがみちてゆくこと

めちゃくちゃな書き順で書く田んぼの田　鳴り物いりのひびだったこと

はしさきをそろえてあらうもういないひとのしあわせうらなうように

神の無い月にはおればちくちくとあらゆるものに額ずきたかった

あおむけに書けばかすれてゆくペンのちいさなちいさなボールをおもう

眠ったらあしたのくること空欄に（ぱられるぱられる）フリガナをふる

スポンジにふくませたみず　はなびらの切手をまっすぐはるのでしたよ

（二つ折りしませんように）心臓へさしこんでゆくわたくしの白

木はどこで木として死ぬのいちびょうに二十四コマながれるフィルム

禁忌とは絆創膏を再使用することわたしを横たえれば海

いすに深くこしかけながら両肺のおくまでブナのきおくにぬれる

銀のゆめ見ていたのだとおもいますRは確か屋上でしたね

水としおとおくはなれたキッチンのどの海の肉もパエリヤにちぢんで

胃にぱんをしずめてそうして窓際にボトルを立ててねむるのでした

解説　あめの少女

加藤治郎

ひとりでに落ちてくる水　れん　びん　れん　びん　たぶんひとりでほろんでゆくの

「多肉少女と雨」

そういうことなんだ。思ってもみなかった。雨雲は水を抱えている。想像してごらん。そこは何色の世界だろう。透明でときおり銀色に光る。見上げると、雨雲から剝がれるように水が落ちてくる。わたしは部屋で雨音を聴いている。れんとも、びんとも聞こえる。れん　びん、れんびん、たぶん、ひとりでに落ちてくる水のように、わたしもひとりで消えてゆく。

二〇一四年の第五十七回短歌研究新人賞の次席となった「多肉少女と雨」から引いた。私は、選考委員だった。応募作の作者名・プロフィールは伏せられている。私は、未知の作者の作品として「多肉少女と雨」に出逢ったのである。

この年の短歌研究新人賞は短歌史に刻まれるだろう。実り豊かな年だった。まず、石井僚一が登場した。「父親のような雨に打たれて」で短歌研究新人賞を受賞。父親の死が虚構であったことは、大きな議論を呼んだ。次席は、岡野大嗣「選択と削除」と蒼井杏「多肉少女と雨」だった。岡野大嗣は、後に『サイレンと犀』で新鋭短歌シリーズ第二期をリーディングすることになる。「多肉少女と雨」は、選考委員の米川千嘉子と加藤が推した。米川は「一首一首の詩性が丁寧で豊かなことと、その中にふっとせり上がる自己消失や崩壊の感覚の対照も印象的だった」(「短歌研究」二〇一四年九月号)と評した。至言である。

蒼井杏は、同じ年すでに「空壜ながし」(「短歌研究」二〇一四年八月号)で第六回中城ふみ子賞を受賞していた。鮮やかな出発だった。この歌集は編年体である。作歌・発表の順に作品を配列している。つまり「空壜ながし」「多肉少女と雨」より前の初期作品は歌集には収められていないのだ。

さて、「多肉少女と雨」からもう少し引いてみよう。

花びらをうまく散らせぬ木があってもう少しだけ見ています、雨

生きているわけです死んでいないので目覚めたときの天井のしみ

あれよりはまだましだとか砂を吐くボウルの中の浅蜊だ、わたし
七色のボールペンには七本のばねがあるのでしょうね、雨
さぼてんの棘を一本ずつ抜いて多肉少女が壊れてゆきます

雨が降りそそいでいる。私はただ窓の外の木を見ている。木は身震いをするような感じなのだろう。私は花びらが散るときの美しさをもうしばらく思い描く。そのあとは、またしばらく眠るのだ。いつか花びらは散り、そのときも雨はきっと降っている。

目覚めたときは、生と死がぼんやり行ったり来たりしている。死んでいたような感じがまだ残っている。目を開く。生きている。天井のしみを見つめていることに気づく。

うるさい浅蜊だ。どうにもならない今の境遇なのに、まだましだとか砂を吐くようにつぶやいている。銀色のボウルに犇めく浅蜊のどれもみなわたしなのだ。

おおよそ七色のボールペンは、太くて持ちにくい。紫だとかオレンジだとか滅多に使わない色がある。そして、内部には七本のばねがある。ギギギと音が聞こえてくる。精密な機械仕掛けで、しかもあまり役に立たない七色のボールペンは、宝物だ。

刺座があるのがサボテン、ないのが多肉植物という。ここで登場するのは、多肉少女。もりも

り筋肉のある少女だ。少女は、さぼてんの棘を一本ずつ抜く。さぼてんは、つるつるになってゆく。少女は、きっとさびしくなってゆく。

短歌と虚構という古くて新しいテーマが提示されたこの年の短歌研究新人賞だった。まだ、二年もたっていないことに少し驚く。

○

出逢いはもう一度ある。作者その人との出逢いである。それは思いがけない場所だった。二〇一四年七月十九日、「大阪短歌チョップ」というイベントが開催された。インターネットを主な活動の場とする若い世代の〈短歌祭〉だった。会場の〈まちライブラリー@大阪府立大学〉には、二〇〇名を超す若者が集まった。その会場に蒼井杏はいた。短歌研究新人賞の選考会は七月六日だった。その二週間後である。私は、蒼井杏に次席のお祝いを言った。

その会場には、岡野大嗣もいた。木下龍也、田中ましろ、牛隆佑、虫武一俊、飯田和馬、嶋田さくらこ、みな溌剌としていた。江戸雪と私が最年長の世代だったのである。大阪の活力は、この新鋭短歌シリーズに反映している。

音のないそれは夢でした透明な唇つめて空壜ながす 「空壜ながし」

マヨネーズのふしゅーという溜息を星の口から聞いてしまった 同

ちみしいをひっくりかえすとさみしいになるって知ってた？　うそだよ　ちよなら 「ぎりぎり」

内臓をかきまわすようにボールペンのためしがきするわた　わた　わたし 「ぼろぼろ」

新品の靴下につくピンセットみたいなあれを集めています 同

からふるなせんたくばさみがおちていてまんまんなかに西日のわたし 「銀とぱふん」

キッチンの換気扇がまだまわってる気がする気がする気がする気がする

「くるくる」

ゆびについた墨汁をあらう通知表に子どもらしくないと書かれて 「銀色、きんいろ」

ここがたぶん瀬戸際でしたゆっくりとレモンの回転している紅茶 「檸檬再考」

到着後わたしの電車が回送になって車庫へとはいってゆきます 「こちこち」

あおむけに書けばかすれてゆくペンのちいさなちいさなボールをおもう 「そして、空壜ながし」

スポンジにふくませたみず　はなびらの切手をまっすぐはるのでしたよ 同

蒼井杏の作品は、事実か虚構かという問題から自由である。なぜか。それは、蒼井杏の作品が狭義のリアリズムには立脚していないからである。つまり、日常の事実の記録と再現とは無縁である。いわゆる私性（わたくしせい）から自由な世界である。虚構は私性の裏面なのである。

蒼井杏の作品は心象のイメージである。ときおり、言葉が自走する。憧れの気配が朝のひかりのように、鳥の羽のように、短歌の形となっている。

○

蒼井杏が「未来」の仲間になったのは、二〇一五年である。「未来」は一九八三年、岡井隆が選者になって以降、作品世界において自由になった。戦後短歌のリアリズムを牽引した近藤芳美と新古典派の紀野恵が一つ家に居たのである。この振幅は現在まで続いている。紀野恵と蒼井杏。文体は異なるが、リアリズムからの離脱においてスタンスは近いように思う。

この歌集が多くの読者に届くことを心から願う。

二〇一六年四月二十三日

あとがき

言の葉は夕暮れのあらゆる逆光のまんなかの路地裏のねこみたいに追えば追うほどしっぽをたてて逃げてゆきます。

もしもひとが二種類に分かれるなら、わたしはむかしむかしからうまくそっちにゆけないひとでした。

でも短歌は、
短歌という詩歌のうつわは、
おおらかに、頼もしく、
あるいは思いがけないほどの弾力で、
わたしを受け止めてくれます。
あるいは思いがけないほどの跳躍で
わたしのおもいを。
どれほどわたしはすくわれてきたことでしょう。

これはわたしの第一歌集です。おおむね編年体でまとめました。

Ⅰは、第六回中城ふみ子賞受賞作品「空壜ながし」（「短歌研究」二〇一四年八月号掲載）、第五十七回短歌研究新人賞次席作品「多肉少女と雨」（「短歌研究」二〇一四年九月号掲載）を中心にまとめました。

Ⅱは、二〇一四年九月、加藤治郎先生の短歌講座を受講するようになってからの作品です。

Ⅲは、二〇一五年七月、未来短歌会に入会してからの作品です。

短歌へと続くながいながい道をひかりのように導いてくださる良き師、良き仲間たちに出会えたことは、本当にほんとうに幸せだったとおもいます。

岡井隆先生、加藤治郎先生をはじめ未来短歌会の皆様、書肆侃侃房の田島安江様、みずみずしいレモンの絵を描きおろしてくださった画家の鈴木寛様、ここまでの道のりで出会ったすべてのみなさま、そしてここまでお読みくださったあなたに、心からの感謝をささげます。

二〇一六年四月二十三日

蒼井杏

■著者略歴

蒼井 杏（あおい・あん）

2015年、未来短歌会に入会。加藤治郎に師事。
とてもひとみしりな雨女。
第6回中城ふみ子賞、第57回短歌研究新人賞次席。

Twitter : @aoianaoian

「新鋭短歌シリーズ」ホームページ　http://www.shintanka.com/shin-ei/

新鋭短歌シリーズ27

瀬戸際レモン

二〇一六年六月二十日　第一刷発行
二〇二〇年十二月二十五日　第二刷発行

著者　蒼井 杏
発行者　田島 安江
発行所　株式会社 書肆侃侃房（しょしかんかんぼう）
〒八一〇・〇〇四一
福岡市中央区大名二・八・十八・五〇一
TEL：〇九二・七三五・二八〇二
FAX：〇九二・七三五・二七九二
http://www.kankanbou.com　info@kankanbou.com

監修　加藤 治郎
装画　鈴木 寛
装丁・DTP　黒木 留実
印刷・製本　株式会社西日本新聞印刷

ISBN978-4-86385-225-9　C0092

新鋭短歌シリーズ ［第4期全12冊］

今、若い歌人たちは、どこにいるのだろう。どんな歌が詠まれているのだろう。今、実に多くの若者が現代短歌に集まっている。同人誌、学生短歌、さらにはTwitterまで短歌の場は、爆発的に広がっている。文学フリマのブースには、若者が溢れている。そればかりではない。伝統的な短歌結社も動き始めている。現代短歌は実におもしろい。表現の現在がここにある。「新鋭短歌シリーズ」は、今を詠う歌人のエッセンスを届ける。

46. アーのようなカー　寺井奈緒美

四六判／並製／144ページ　定価：本体1,700円＋税

この世のいとおしい凸凹

どこまでも平らな心で見つけてきた、景色の横顔。
面白くて、美しくて、悲しくて、ほんのり明るい。　―― 東 直子

47. 煮汁　戸田響子

四六判／並製／144ページ　定価：本体1,700円＋税

首長竜のすべり台に花びらが降る

短歌の黄金地帯をあなたとゆっくり歩く
現実と夢の境には日傘がいっぱい開いていた　―― 加藤治郎

48. 平和園に帰ろうよ　小坂井大輔

四六判／並製／144ページ　定価：本体1,700円＋税

平和園、たどりつけるだろうか

名古屋駅西口をさまよう　あ、黄色い看板！
短歌の聖地から君に届ける熱い逸品　―― 加藤治郎

好評既刊

●定価：本体1,700円＋税　四六判／並製／144ページ（全冊共通）

37. 花は泡、そこにいたって会いたいよ
初谷むい
監修：山田 航

38. 冒険者たち
ユキノ 進
監修：東 直子

39. ちるとしふと
千原こはぎ
監修：加藤治郎

40. ゆめのほとり鳥
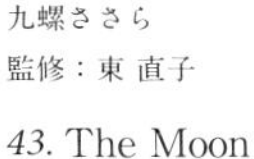
九螺ささら
監修：東 直子

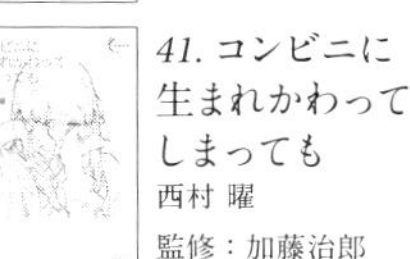

41. コンビニに生まれかわってしまっても
西村 曜
監修：加藤治郎

42. 灰色の図書館
惟任將彥
監修：林 和清

43. The Moon Also Rises
五十子尚夏
監修：加藤治郎

44. 惑星ジンタ
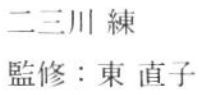
二三川 練
監修：東 直子

45. 蝶は地下鉄をぬけて
小野田 光
監修：東 直子